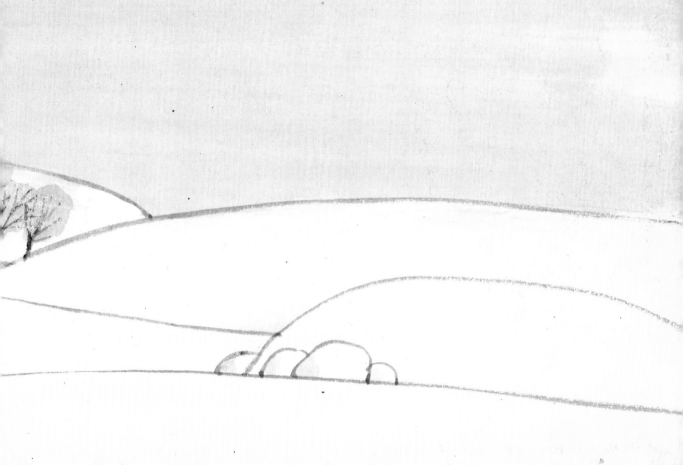

Max Velthuijs

Sapo en Invierno

Ediciones Ekaré – Banco del Libro
Caracas

Una mañana, Sapo se levantó y supo inmediatamente
que algo andaba mal en el mundo. Algo había cambiado.

Se asomó por la ventana y se quedó extrañado al ver que todo estaba completamente blanco.

Corrió afuera, confundido. Había nieve por todas partes.
El suelo estaba resbaloso. De repente, cayó de espaldas…

…y se deslizó río abajo. El río estaba congelado y Sapo
quedó tendido en el hielo frío y duro.
—Si no hay agua, ¿cómo podré lavarme? —pensó Sapo
alarmado.

Tiritando de frío, alcanzó la orilla y allí se sentó.
En eso, llegó Pata patinando.
–Hola, Sapo –dijo Pata–. Qué tiempo tan bonito
hace hoy. ¿Vienes a patinar conmigo?

—No —contestó Sapo—. Me estoy congelando.
—Te hará bien patinar —dijo Pata—. Ven que te enseño.

Pata le prestó a Sapo su bufanda roja y le ayudó a ponerse
los patines. Empujó a Sapo por el hielo. Sapo se deslizó
velozmente y muy pronto se cayó.
–¿No estás gozando? –preguntó Pata.
Pero Sapo estaba congelado como un témpano y sus dientes
castañeteaban.

–Tú tienes un abrigo de plumas calentito –dijo Sapo–,
pero yo soy un sapo pelado.
–Tienes razón. Quédate con mi bufanda –dijo Pata y se
marchó.

Entonces apareció Cochinito cargando una cesta de leña.
–Cochinito, ¿no te estás congelando? –preguntó Sapo.
–No –dijo Cochinito–. Me encanta el aire fresco y saludable.
El invierno es la temporada más hermosa de todas.

–Tú tienes una deliciosa capa de grasa para mantenerte
abrigado –dijo Sapo–. Pero ¿qué tengo yo? Soy sólo un sapo
pelado.
–Pobre Sapo –pensó Cochinito–. Ojalá lo pudiera ayudar.

¡Un, dos! ¡Un, dos! Liebre estaba trotando en la nieve.
–¡Viva el deporte! –exclamó Liebre–. No hay nada como
hacer ejercicio en pleno invierno. ¡Un, dos! ¡Un, dos!

–Sapo –dijo Liebre–, ¿por qué no me acompañas?
–Me estoy congelando. Tú tienes una piel peluda y abrigada,
pero yo no tengo nada –dijo Sapo y regresó a casa
tristemente.

Al día siguiente, sus amigos lo invitaron a una batalla de
bolas de nieve. Pero Sapo no pudo divertirse con los demás.

—Me estoy congelando —murmuró Sapo—. Soy sólo
un sapo pelado.
Y se marchó a casa sintiéndose miserable.

Pasó el resto de la tarde sentado junto al fuego, soñando con la primavera y el verano. Hasta que se quemó el último trozo de madera y el fuego se apagó.

Sapo salió a buscar más leña, pero había empezado a nevar
y no pudo encontrar ni una ramita.

Caminó y caminó y dio vueltas y más vueltas. Todo estaba blanco, muy blanco, y Sapo ya no supo regresar a casa. Extenuado, se tendió sobre la nieve. Un sapo pelado.

Y allí lo encontraron sus amigos.

–Me estoy congelando –dijo Sapo con un hilito de voz.

–Ven –dijo Liebre. Y con mucho cuidado, lo cargaron hasta su casa y lo acostaron en la cama.

Liebre recogió leña y prendió el fuego. Cochinito preparó
una deliciosa sopa y Pata acompañó a Sapo.

Noche tras noche, todos escuchaban mientras Liebre leía
historias maravillosas sobre la primavera y el verano.
Cochinito tejió un suéter con lana de dos colores y Pata no
se alejó de la cama de Sapo. Sapo se sintió feliz rodeado de
sus amigos. El invierno es maravilloso cuando lo puedes
pasar en la cama.

Entonces, llegó el día en que Sapo ya estaba repuesto y podía salir. Sin piel, ni grasa, ni plumas, pero con su nuevo suéter de rayas, dio sus primeros pasos en la nieve.

—Y…¿qué tal? —preguntó Liebre con curiosidad.

—Pues bien —dijo Sapo valientemente.

Y así pasó el largo invierno.
Pero una mañana, cuando Sapo abrió los ojos, supo inmediatamente que algo había cambiado. Una luz radiante entraba por la ventana. Sapo saltó de la cama y corrió afuera.

El mundo estaba verde y el sol brillaba en el cielo.
—¡Aleluya! —exclamó Sapo emocionado—. Qué sabroso es ser
un sapo. Puedo sentir los rayos del sol en mi espalda pelada.
Sus amigos se rieron al ver a Sapo brincando feliz.

–¿Qué haríamos sin Sapo? –preguntó Liebre.
–Pues no me lo puedo imaginar –dijo Cochinito.
–No –dijo Pata con una sonrisa–, la vida no sería
la misma sin él.